Alistuva orjanainen ja muita tarinoita

Erika Sanders

Sarja
Dominointi ja eroottinen alistuminen

@Erika Sanders, 2023

Kansikuva: @ M C- Pixabay, 2023

Ensimmäinen painos: 2023

Kaikki oikeudet pidätetään. Teoksen täydellinen tai osittainen jäljentäminen on kielletty ilman tekijänoikeuden omistajan nimenomaista lupaa.

Synopsis

Tämä kirja koostuu seuraavista tarinoista:

Alistuva orjanainen

Palkankorotus

Odottamaton tilanne

Wild vastaanotto

Alistuva orjanainen on tarina, jossa on vahva eroottinen BDSM-sisältö ja joka puolestaan kuuluu myös Erotic Domination -kokoelmaan, sarjaan romaaneja, joissa on korkea romanttinen ja eroottinen BDSM-sisältö.

(Kaikki hahmot ovat vähintään 18-vuotiaita)

Kirjoittajan huomautus:

Erika Sanders on yli kahdellekymmenelle kielelle käännetty kansainvälinen kirjailija, joka allekirjoittaa eroottisimmat kirjoituksensa, kaukana tavallisesta proosastaan, tyttönimellään.

Indeksi:

Synopsis
    Kirjoittajan huomautus:
    Indeksi:
    ALISTUVA ORJANAINEN JA MUITA TARJOITA ERIKA SANDERS
    ALISTUVA ORJANAINEN
    PALKANKOROTUS
    ODOTTAMATON TILANNE
    LUKU I
    LUKU II
    LUKU III
    LUKU IV
    WILD VASTAANOTTO
    LOPPU

ALISTUVA ORJANAINEN JA MUITA TARJOITA

ERIKA SANDERS

ALISTUVA ORJANAINEN

Orja Susan heräsi herkullisesta halusta hoitaa isäntänsä, mutta oli tyrmistynyt huomatessaan, että hän oli jo poissa.

Sen sijaan hänen viereisellä tyynyllä oli lappu, yksittäinen orkidea ja lahjakortti hänen lempikylpyläpäivään.

Hän haukotteli ja venytteli ja luki sitten innokkaasti muistiinpanon.

"Haluan, että vietät päivän valmistautuessasi Minua varten. Älä masturboi tänään, sillä annan sinulle kaiken mitä tarvitset myöhemmin. Olemme hyväntekeväisyysjuhlissa tänä iltana, ja sen jälkeen käytän sinua kaikin tavoin, kunnes Olen täynnä." ".

Susan tiesi, että hänen Mestarinsa muistiinpano sanoi paljon enemmän kuin se sanoi, koska hän tunsi hänen sydämensä.

Kolmella lyhyellä virkkeellä hän kertoi hänelle, että tämä päivä ja tämä yö olisivat hänen ja hänen ilokseen, ettei hänessä ollut mitään osaa, jota hän ei työntäisi hänen rajoihinsa ja että hänen pitäisi tehdä mitä tahansa saadakseen hänet. oli hänelle mahdollisimman miellyttävä.

Susan rakasti miellyttää herraansa ja Hän teki aina kaiken heidän välillään täydelliseksi.

Susan nousi sängystä ja kietoi hiuksensa tynnyriin kävellessään kylpyhuoneeseen.

Oven takaosaan sidottu koukkutolppa riippui mekko, sukat ja kengät, jotka mestari Robert oli valinnut hänelle käytettäväksi.

Alusvaatteita ei ollut.

Susan hymyili, pesi sitten kasvonsa, pesi hampaansa ja ennen kuin palasi huoneeseen, hän avasi lipaston alemman laatikon, otti kiinalaiset pallot ja riisui pikkuhousut, joissa hän oli nukkunut.

Mestari oli sanonut, ettei hänessä ollut mitään osaa, jota Hän ei käyttäisi.

Hitaasti hän laittoi kiinalaiset pallot paikoilleen ja heti hän kuvitteli jo Mestarinsa upeaa kukkoa...

Hän puki päällään farkkushortsit ja keltaisen napituspaidan, jotka mestari Robert käytti edellisenä iltana.

Hän piti hänen vaatteistaan.

Hän saattoi haistaa sen itseensä sillä tavalla.

Hän puki sandaalinsa jalkaan, otti lahjakortin ja lähti nopeasti liikkeelle.

* * *

Susan saapui ja huomasi, että mestari Robert oli järjestänyt kaiken hänen ohjeidensa mukaan, kuten hän tavallisesti teki.

Huoneessa olleet naiset eivät sanoneet hänelle mitään, vaan jatkoivat vain tekemisiään.

Hän ei tuntenut olonsa epämukavaksi siitä, mitä maailma piti alistuvana suhteena, koska maailma ei tiennyt mitään rakkaudesta, jonka hän jakoi mestarinsa Robertin kanssa.

"Kyllä, olemme mestari ja orja", hän ajatteli manikyyristäjän työskennellessä jaloillaan, "mutta me olemme myös aviomies ja vaimo, Robert ja Susan, sielunkumppaneita!" Ei haittaa, jos muu maailma ei ymmärtänyt sitä.

Yksinkertaisesti siksi, että heillä ei ollut aavistustakaan todellisesta rakkaudesta heidän välillään.

Manikyyri ja pedikyyri valmiina hänet vietiin laventeli- ja vaniljakylpyhuoneeseen.

Tämä oli hänen suosikkiosansa, ja mestari Robert tiesi sen.

Hänen oli hyvin vaikeaa olla nauttimatta siitä, kun hänet jätettiin yksin tuoksuvaan kylpyhuoneeseen, mutta hän tiesi, että hänen isäntänsä haluaisi häneltä paljon tänä iltana, joten hän lepäsi ilman orgasmia kylpyhuoneessa.

Lopulta hänen hiuksensa vuorossa, he pestiin ne ja kasasivat ne viettelevästi hänen päänsä päälle ja kiinnittivät ne piipulla, jonka Hän oli ostanut hänelle ensimmäisillä treffeillä.

Hän hymyili iloisesti ja ajatteli sitä nautintoa, jonka Hän saisi poistaa neulan hiuksistaan ja katsoa sen putoavan hänen harteilleen.

Tämä yö olisi ikimuistoinen.

Kotiin palattuaan hän laittoi meikkinsä.

Sitten olivat korkeat silkkisukat ja kolmen tuuman mustat kantapäät, jotka hän oli ostanut hänelle Italiasta.

Hän pysähtyi katsomaan itseään peilistä.

Jotain puuttui.

Se oli lyhyt ajatus, jonka hän sai nopeasti pois mielestään.

Jos hän olisi halunnut enemmän, hän olisi odottanut sen.

Hän poisti kiinalaiset pallot, jotka olivat pitäneet häntä orgasmin partaalla koko päivän ja pujasi sitten herkän mekon päänsä yli ja antoi sen liukua alas vartaloaan.

Hän oli tyytyväinen tapaan, jolla hän katsoi peiliin, ja Robert olisi myös.

Ripaus hänen suosikkihajuvettä ja hän oli valmis.

Hän otti orkidean, joka oli kellunut vesikulhossa sinä aamuna, ja työnsi sen niskassa olevaan hiussolmuun.

Kun hän kuuli hänen autonsa vetäytyvän ajotielle, hänen nännit kovettuivat ja hänen pillunsa alkoi sykkiä.

Normaalisti hän olisi odottanut häntä ovella polvillaan niska koukussa, niin että hänen ruumiinsa oli täysin hänen käytettävissään.

Hän oli hyvin huolissaan.

Hän kiirehti portaiden alaosaan odottamaan häntä.

Kun Hän astui sisään, hän oli jo punastunut innostuksesta ja hän saattoi tuntea, että hänen ulkonäkönsä miellytti häntä, kun hän seisoi ja katsoi häntä.

"Näytät herkulliselta, orja Susan."

"Kiitos, mestari Robert, olen erittäin iloinen, että olet tyytyväinen."

"Näyttää siltä, että olet unohtanut jotain."

"Olenko unohtanut jotain?"

Robert otti hänen ranteestaan ja vei hänet ylös portaita.

Tyynyllä, jossa seteli ja kukka olivat olleet, oli hänen choker.

Hän hämmästyi, ettei hän ollut huomannut sitä aikaisemmin, ja huomasi heti virheensä.

Mestari Robert oli asettanut hänelle käsintehdyn chokerin ja vastaavan solmion hänelle.

Hänen chokerinsa sisälsi puolet kristallisydämestä, joka sopi täydellisesti hänen käyttämänsä toisen puolikkaan kanssa.

Hän oli antanut sen hänelle hääpäivänä.

Kuinka hän onnistui olemaan huomaamatta?

Hänen nännit alkoivat venyä ja hänen emättimensä sykkii, kun hän tajusi, kuinka vakava hänen virheensä oli.

Robert avasi vyön.

"Rakastan sinua, Susan, mutta en voi sallia tällaista huolimattomuutta valmistautuessasi Minua varten."

"Kyllä, rakas omistajani."

"Kumartu ja tartu nilkoistasi."

Häntä ei tarvinnut käskeä levittämään jalkojaan, sillä häntä oli rangaistu tällä tavalla aiemmin.

Mestari Robert katsoi mielellään hänen pilluaan, kun hän pisti häntä.

Hän tarttui silkkiseen mekkoon ja liukui sen hitaasti alas hänen jalkojaan alas hänen vyötärölleen ja hänen asennostaan johtuen se jatkoi liukumista alaspäin ja hänen tissien ympärillä peittäen hieman hänen päätään ja kasvojaan.

Kuinka upean näyn hän osoitti hänelle, pukeutuneena niin tyylikkäästi, mutta niin karkeasti poseerattuina.

Hän näki kuinka innoissaan hän oli siitä, miten hänen pillunsa kosteus kimmelsi valossa.

Hän poisti vyön, jota hän piti kädessään, miettien sitä paremmin.

Se olisi pitkä yö.

Hän kääntyi ja käveli naisen sängyn viereen ja kurkotti hänen yöpöytänsä laatikkoon ja veti esiin nahkapiikan, jota hän oli käyttänyt naisen kanssa usein.

Siinä oli pitkä kahva, ja sen päästä riippui yhdeksän ohutta pehmeää, joustavaa nahkanauhaa.

Se oli hyvin käytetty ja arvostettu.

Hän palasi hänen luokseen hitaasti, nauttien hänen luomastaan kauniista kuvasta ja tarkkaillen hänen kohtaamiaan muutoksia.

Hän hengitti raskaasti ja hänen oli vaikea istua paikallaan.

"Ahhh, orjani Susan, aion nauttia sinusta tänä iltana!"

Ja sillä hän iski kolme nopeaa ripset hänen perseeseensä, jotka saivat tämän huutamaan kivusta ja nautinnosta.

Hän astui taaksepäin ja katseli nopeutta, jolla punaiset raidat alkoivat ilmestyä hänen takapuolelleen.

"Paska!" Hän ajatteli itsekseen! "Kuinka aion hillitä itseni tänä iltana?"

Ja tällä ajatuksella ratkaisu tuli heti.

Hän saisi sen juuri nyt ennen iltaistuntoa, vain kerran päästäkseen eroon halusta.

Hän avasi karkeasti housunsa, otti esiin jo jäykän kalunsa ja työnsi sen syvälle pilluaan, ei huvikseen, vaan voitelemaan häntä.

Hän halusi eniten sillä hetkellä punaista, tiukkaa, kiiltävää ja valmis häntä varten.

Hän veti kukkonsa orjan Susanin tippuvasta pillusta hänen tyrmistyksensä ja työnsi sen syvälle odottavaan perseeseensä.

Huuto "KYLLÄ!" hänen huuliltaan ruokki hänen tulta ja hän löi mielettömästi hänen kohotettuja lantioitaan.

Piteli häntä tiukasti, Hän ei pysähtynyt ennen kuin Hän oli valmis räjähtämään.

Hän kuuli oman vaivalloisen hengityksensä ja valituksensa, kun silkkipehmeää kumpua tuli ja meni hänen punoittavalle perseelle.

Kun hän palasi itseensä, hän tajusi, että hän hieroi kuumaa huuliaan orjansa Susanin hellään, haluttuun perseeseen, kun hän kiitti häntä yhä uudelleen ja uudelleen.

"Minä käytän mustaa smokkiani tänä iltana, Susan", ja sen kanssa hän meni suihkuun, kun orja Susan laittoi chokerinsa ja meni sitten vaatekaappiin hakemaan smokkiaan.

Hän oli erittäin perusteellinen ja tarkasti, että kaikki Hän tarvitsi odotti Häntä, kun hän nousi suihkusta.

Hän asetti jokaisen esineen sängylle, kun hän ajatteli tapaa, jolla hän oli juuri käyttänyt häntä, sitä ihanaa tapaa, jolla hänen pallonsa löivät häntä vasten, kun hän tuhosi hänen perseensä.

Hän oli niin ajatuksissaan, että hän ei kuullut hänen takanaan, ennen kuin hän suuteli häntä pehmeästi kaulalle.

"En halua rangaista sinua, Susan, mutta oi! Kuinka upealta näytät, kun niin näytän."

"Kiitos, mestari Robert."

* * *

Autossa mestari Robert liukui viitta alas hänen jalkojaan ja levitti reidet.

Hän kosketti hänen edelleen tippuvaa pillua, mutta kielsi häntä cum.

Orja Susan kiemurteli istuimellaan ja oli iloinen nähdessään Hallin niin lyhyessä ajassa, koska hän oli varma, ettei hän olisi voinut kestää kauan.

Hän laittoi sormensa hänen suuhunsa, jotta tämä puhdistaa ne kielellään ja huulillaan, kun hän avasi toisella kädellään kolme pientä nappia hänen rintaliivien yläosassa.

"Jätä se näin", hän sanoi hänelle, ja sitten suuteli häntä hellästi huulille, ennen kuin käski häntä odottamaan, että hän avaa oven.

Hallissa hänen oli pakko lähteä usein hänen vierestään, mutta hän oli aina hänen näkyvissään.

Orja Susan jutteli kohteliaasti muiden palvelijoiden kanssa, mutta kuten tavallista, hän suuntasi hiljaisempiin paikkoihin ja jäi yksin.

Mestari Robertilla oli suuri huomion tarve, ja hän ihaili hänen tapaansa käsitellä itseään näissä tilanteissa, niin uljaana, niin komeana.

Kun häntä pyydettiin tanssimaan, hän katsoi häneltä ohjausta.

He ymmärsivät, että joskus kohtelias hyväksyntä oli välttämätöntä, mutta hän odotti aina Hänen suostumustaan ennen hyväksymistä ja saattoi melkein aina luottaa siihen, että hän lopettaa kaiken, mitä hän teki.

Tänä iltana hän kuitenkin odotti isäntänsä Robertia ja hylkäsi tarjoukset, vaikka hän hyväksyi.

Kolmannen kieltäytymisen jälkeen hän suuntasi häntä kohti huoneen poikki.

"Oletko kunnossa rakkaani?"

"Joo."

"Miksi et tanssi?"

"Koska haluan vain tanssia kanssasi tänä iltana."

"Sitten, Susan, sinulla on toiveesi."

Hän liukui kätensä hänen vyötärön ympärille ja lepäsi hänet varovasti selälleen ohjatakseen hänet tanssilattialle.

Hän piti häntä tiukasti kiinni ja tanssi hänen kanssaan.

Hän katsoi häntä ikään kuin hän olisi ainoa nainen maailmassa, hän kiusasi hänen ihoaan silmillään ja houkutteli hänet onnen partaalle kuiskahtaen, kuinka Hän käyttäisi häntä myöhemmin.

"Vie minut kotiin?" Hän kuiskasi hänelle.

Hän otti häntä kädestä ja vei hänet väkijoukon läpi.

Autossa he suutelivat intohimoisesti ja orja Susan kuiskasi hänelle sydämensä toiveen.

"Tarvitsen mestarini Robertin."

Robert vastasi avaamalla housunsa napit ja sallimalla hänen hoitaa häntä matkalla kotiin.

* * *

Ajotiellä, sammutettuaan auton, Hän antoi hänen seistä siellä nauttien nälkäisestä tavasta, jolla hän söi Hänen kukkoaan.

Se sai hänet pysähtymään juuri niin kauan, että hän liukastui mekkonsa päänsä yli ja heitti sen takapenkille.

Sitten hän siirsi istuinta taaksepäin ja poisti neulan hänen hiuksistaan ja antoi sen pudota hänen harteilleen.

Hän rakasti hänen mustia hiuksiaan, tapaa, jolla ne putosivat hänen kasvoilleen ja hartioilleen ja kuinka ne täyttivät hänen nyrkkinsä, kun hän tarttui niihin.

Robert katseli häntä pitkään, ihmetellen tapaa, jolla hän palvoi hänen kukkoaan, imeen sitä ikään kuin se olisi ollut hänen oma ravintonsa.

Kun hänen halunsa cum oli suurempi kuin Hänen pidättyvyyttään, Hän hautasi kätensä hänen hiuksiinsa ja pakotti kukkonsa syvälle hänen kurkkuun.

Hän liikkui sisään ja ulos hänen suusta ja kurkusta syvällä tarpeella, joka uhkasi niellä hänet.

Orja Susan vapisi käsissään, ja hän tajusi, että hänen oma vapautumisensa laukaisi hänen vapautumisensa.

Viimeinen isku syvälle hänen kurkkuunsa ja hän räjähti hurmioituneessa.

Jokainen kuuman maidon purskahdus ravisteli hänen vartaloaan samanlaisella kouristuksella kuin hänen omansa.

He olivat isäntä ja orja ja silti he olivat yhtä.

Vartalo ...

Kaunis maidon kouristus...

Yksi rakkaus!

* * *

Orja Susan avasi silmänsä, kun mestari Robert avasi oven.

Hän ojensi kätensä ja auttoi hänet ulos autosta.

Hän seisoi hänen edessään kuutamossa, hänen reisien ulottuva mekko ja silkkikengät ja kaulanauha sisälsivät puolisen kristallisydämen.

Kuun valo ja tähdet tanssivat hänen ihollaan ja Hän hengitti syvään nähdessään hänet.

"Tule rakkaani, yömme on juuri alkanut."

Hän johdatti hänet sisälle ja makuuhuoneeseen, jossa hän avasi parvekkeen ovet päästääkseen sisään merituulen.

Hän otti tämän kaulanauhan ja korvasi sen hänen kaulakorullaan, sitten ohjasi hänet sänkyyn, jossa hän sitoi hänet.

"Makaa makuulle. Haluan tuntea kehosi alistuvan Minulle", hän kuiskasi.

Hän teki kuten hän pyysi ja odotti sitten seuraavaa tilausta.

Kun ketään ei tullut, hän yritti rauhoittaa hengitystään, yritti kuulla häntä huoneessa.

Missä Hän voisi olla?

Mitä sinä teet?

Hänen mielensä vauhditti, ennakoiden hänen suunnitelmiaan häntä varten.

Hän odotti ikuisuudelta tuntuvan ikuisuuden luullessaan kuulevansa miehen hengittävän, mutta ei koskaan aivan varma.

Kun hän lopulta ajatteli, että piiskaa tottelemattomuudesta oli parempi kuin odottaa toista sekuntia, hän kurkotti silmäsidettä, mutta sen sijaan, että olisi antanut naisen joutua vaikeuksiin, hän sanoi hänelle: "Kosketa itseäsi puolestani."

Kolme sanaa, kolme pientä sanaa sytytti hänessä tulen, jota hän ei ollut koskaan ennen tuntenut .

Välittömästi hänen kätensä olivat naisen vartalolla, yksi hänen rinnallaan ja toinen jalkojen välissä.

Muutamassa sekunnissa hän kiemurteli orgasmista, jalat leviävät, polvet venytettyinä, sormet vituttivat kiivaasti pilluaan cumiksi, selkä kumartui, kunnes mikään muu kuin hänen perseensä ja päänsä kosketti sänkyä.

"Kyllä! Robert! Voi herrani Robert! Kyllä! Kyllä! Kyllä!"

Hän ei ollut täysin alas hänen pituudestaan kuultuaan sen uudelleen: "Uudelleen. Tee se uudestaan."

Hän pyörähti vatsalleen ja laittoi polvensa vartalonsa alle työntäen perseensä ilmaan, jotta Hän näkisi.

Hän hautasi sormensa pillunsa sisään niin syvälle kuin pystyi ja masturboi jälleen kerran Mestarinsa viihdettä varten.

Kun se saapui, se kesti paljon kauemmin kuin ensimmäinen.

Hän saavutti hänen maagisen paikan yhä uudelleen ja uudelleen, kunnes lopulta juoksi ja juoksi ylös hänen reisiensä sisäpuolelle, hän alkoi anoa armoa.

Hän kääntyi selälleen ja huusi:

"Robert! Voi, Robert! Ole hyvä! Ole hyvä! Nauttele minua nyt!"

Hän ei osoittanut armoa, kun hän tarttui häneen ja kieritti hänet karkeasti vatsalleen.

Hän tunnisti hänen piiskansa heti, kun se kosketti hänen ihoaan.

"Kiitos, mestari! Kiitos anteliaisuudestasi. Kiitos, että annoit minun seurustella. Kiitos, että rakastat minua tarpeeksi rangaistaksesi minua, kun en osoita sinulle asianmukaista kunnioitusta."

Jokainen aivohalvaus sai kiitollisuuden, jonka hänen olisi pitänyt ilmaista, kun Hän salli hänen tulla.

Hän ei voinut enää pidätellä!

Hän asetti hänet selkäänsä, kasvot alaspäin ja märkä tarpeesta.

Hän liukui häneen niin helposti, että hän luuli tuhoavansa hänet.

Hän tarttui kahdesta kädestä, jotka ovat täynnä hänen hiuksiaan ja pumppasi häntä kuumeisesti.

Hän vielä kiitti häntä, kun tunsi hänen jäsenensä syvällä sisällään.

Hän heitti hänet ja väänteli häntä sisään ja hän väänteli Hänen alla odottaen, että Hän antaisi hänelle mitä hän tarvitsi.

Hän nai hänet hänen orgasminsa läpi, ei koskaan hidastanut tai pysähtynyt, kunnes lopulta Hänkin kumpui syvälle hänen kohtuunsa.

Hän makasi Hänen alapuolellaan lypsäen Hänen kukkoaan pillullaan ja kuiskien yhä uudelleen ja uudelleen: "Kiitos, kiitos, suloinen omistajani", kun taas hänen Mestarinsa Robert mutisi hurmaavia ylistystä hänen korvaansa.

Jatkuva pillunsa vetäminen Hänen kukkossaan piti hänet pystyssä ja pian hänen omat lantionsa liikkuivat taas.

Hän rakasti tapaa, jolla naisen toiveet ja tarpeet vastasivat hänen omiaan.

Hän antautui Hänelle niin täydellisesti, ettei koskaan ollut hetkeä, jolloin jompikumpi heistä olisi ollut tyytyväinen ennen kuin toisen tarpeet oli täytetty.

Aluksi hänen ruumiinsa tunsi joskus kipua hänen pitkästä, paksusta kukkosta ja hänen voimakkaasta vaatimuksestaan ennen kuin hän oli täysin tyytyväinen, mutta nyt hänen ruumiinsa, hänen vatsansa, hänen sielunsa sopivat häntä vasten kuin hansikas ja hänen rakkauden tuska oli vain näennäistä. seuraava päivä.

Hän oli hänen kaikin tavoin ja hän oli siitä yhtä iloinen kuin hänkin.

Robert oli kiehtonut, kuinka nopeasti hän oli taas valmis häntä varten.

Hän liu'utti kätensä hänen käsivarsilleen ja tarttui hänen ranteisiinsa.

Hän piti niitä yhdessä päänsä yläpuolella, kun hän kurkotti yöpöydän laatikkoon ja otti talteensa.

Yhdistettyään hänen ranteisiinsa hän veti kukkonsa pois hänen nälkäisestä pillusta mennäkseen kaappiin hakemaan köyttä.

Hän sitoi köyden ranteisiinsa käyttääkseen sitä talutushihnana.

Silmät sidottuna, hän hengitti raskaasti ja hän tiesi, että hän oli tarpeessa.

Hän kurkoi jälleen laatikkoon ja veti ulos suurenkaan.

"Avaa suusi, orja Susan."

Hän teki mitä Hän pyysi kysymättä, koska he molemmat tiesivät suhteensa merkityksen.

Hän asetti O-renkaan hänen suuhunsa ja kiinnitti sen lujasti hänen päänsä ympärille.

Sitten hän nappasi hänet sängystä ja pani hänet polvilleen.

Seurauksena ei ollut rangaistus, vaan nautinto ja orja Susan oli nopeasti oppinut eron olemassaolosta.

Mestari Robert piti häntä hiuksista ja työnsi kukkonsa suuttimen läpi orja Susanin kurkkuun.

Hän piti sitä siellä, kunnes hän alkoi suututtaa ja veti sen sitten ulos.

Hän työnsi uudelleen ja piti häntä, mutta muutamassa sekunnissa hän suuteli taas.

Hän otti sen ulos ja odotti.

Kun hänen hengityksensä vakiintui, Hän työnsi häntä uudelleen.

Tällä kertaa hän pystyi pitämään sitä suuttelematta.

Hän ei pumpannut häntä, hän ei edes liikkunut, mutta hän jätti kukkonsa hänen kurkkuun, kunnes hän alkoi kiemurrella.

Kun hänen kiemurteleminen muuttui kamppailuksi, hän veti kukkonsa esiin ja silitti hänen hiuksiaan.

"Se on minun tyttöni!" Hän sanoi ylpeänä. "Se on minun suloinen tyttöni."

Nuo lempeät sanat saivat orja Susanin nännit vetäytymään tiukasti ja hänen pillunsa kostuivat tarpeesta.

Mestari Robert harjoitteli odaliskiään ottamaan koko kukkonsa ilman suuttumista.

Se oli kärsivällisyyden ja harjoittelun kysymys, mutta hän parani koko ajan.

Joskus hän ei tukehtunut, ja kun se tapahtui, hän palkitsi hänet hyvin.

Mestari Robert siirsi lyijyköyden hänen kaulukseensa ja pakotti hänet palaamaan sänkyyn.

"Haluatko minut orjaksi Susaniksi?"

Kyllä, hänen vastauksensa oli nyökkäys.

"Tarvitsetko minua orja Susan?"

Kyllä taas.

"Katsotaan, onko näin?"

Robert sitoi köyden sängynpäähän ja teki toisesta päästä silmukan, jonka hän liukui hänen päänsä yli ja kurkun ympärille.

Sitten hän ryhtyi arvioimaan orjansa Susanin tarvetta.

Hänen jalkojensa välissä Hän liukui paikoilleen ottaakseen hänen sykkivän klitsen suuhunsa.

Hän imi häntä hellästi, samalla tavalla kuin hän imee häntä, kun hän imee häntä.

Slave Susanin lantio alkoi pyöriä ja työntyä.

Koska hän ei kyennyt puhumaan suurenkaalla, hän vain huokaisi ja voihki.

Kun hän oli hyvin lähellä kumoamista, Hän perääntyi pakottaen hänet liukumaan Häntä kohti ja kiristäen tämän seurauksena hänen kaulaansa köyteen.

Mestari Robert sai hänet tuntemaan olonsa erinomaiseksi.

Hän nuoli häntä hitaasti hänen pohjastaan klisoon asti ja piirsi sitten kielellään laiskoja ympyröitä hänen klisonsa ympärille.

Se, mitä Hän teki hänelle, oli raivostuttavaa ja silti niin ihanaa, kunnes Hän perääntyi jälleen.

Orja Susan liukastui alas saadakseen tarvitsemansa paineen kielestään klitikseen.

Oi, jos hän vain voisi cum juuri nyt!

Nyt kun köysi oli tiukka eikä löysää enää jäljellä, mestari Robert nousi seisomaan ja hautasi kovaa kukkonsa orja Susanin tippuvaan pilluun.

Hän työnsi hänen jalkojaan taaksepäin ja nai häntä syvästi, hakkaa paikkaa, joka antoi hänelle niin paljon mielihyvää, puri hänelle kuuluvia tissejä ja imi hänen nännejään yhä kovemmin, mutta kun hän alkoi lyödä ja valittaa Hänen alla, hän tuli takaisin. vetäytyä antamalla hänelle vain päänsä eikä mitään muuta.

"EI!" hän ajatteli.

Silmäside, suurengas, hän ei voinut nähdä tai puhua pyytääkseen häneltä armoa tai kertoakseen hänelle tarpeensa, joten hän kaivoi kantapäänsä sänkyyn ja pakotti itsensä syvemmälle sängyssä kohti Hänen kukkoaan, jota hän rakasti niin paljon.

Hän ei voinut hengittää nyt ja köyden jännitys sai hänen päänsä kallistumaan ylös ja sivulle, mutta hänen oli pakko.

Hänen täytyi tuntea hänet syvällä sisällään.

Se oli niin lähellä!

Hän ei voinut lopettaa nyt.

Mestari Robert hymyili iloisesti.

Hän saisi sen, mitä hän niin kipeästi tarvitsi tai hän kuolisi, ja se oli Hän.

Hän rakasti häntä enemmän kuin hengittämänsä ilmaa ja se riitti hänelle.

Sitten hän makasi täysin hänen päällänsä ja alkoi tunkeutua syvälle ja lujasti häneen, imeen hänen harteitaan ja puremalla hänen leukaansa.

Kun hän tunsi naisen jalkojen kietoutuvan hänen ympärilleen ja hänen vartalonsa alkoi täristä, hän tarttui köyteen ja veti ne molemmat sängylle antaen ilman palata hänen avoimeen suuhunsa.

Katsellen hänen haukkoaan ja itkeä ja tuntea hänen pillua puristaa ja sopimus hänen kukko oli enemmän kuin hän kesti.

Hän hyppäsi ylös ja otti kukkonsa käteensä.

Hän pumppasi sitä raivokkaasti, kunnes hän lopulta tuli, ampuen purskahduksen toisensa jälkeen renkaan läpi orja Susanin suuhun.

"Todellakin!" Hän ajatteli, kun maisti häntä ensimmäistä kertaa kielellään: "KYLLÄ! Hänen ruumiinsa, joka ei ollut vielä täysin toipunut Mestaristaan, oli nyt taas täynnä nautintoa.

Uudelleen ja uudelleen, kuin aallot rannalla, se tuli Hänelle.

Hän oli hänen sielunkumppaninsa kaikin tavoin, ja yhdessä he saavuttivat puhtaan ekstaasin korkeuksia.

Mestari Robert poisti sidoksen ja jatkoi kovan, pystysuoran kukkonsa pumppaamista.

Kun Jenniferin silmät tottuivat valoon, hän saattoi nähdä Mestarinsa täyttävän hänen suunsa Hänen kumillaan.

Sitten hän poisti suuttimen ja antoi naisen nauttia lahjastaan, kun hän jatkoi hänen käsiensä vapauttamista ja sukkien, kenkien ja lopuksi kauluksen poistamista.

Mestari Robert otti hänet syliinsä ja halasi häntä tiukasti.

Hän kuiskasi hänen nimensä ja kertoi, että hän oli hänen ja että hän rakasti häntä pidättämättä mitään.

Hän seisoi vapisten hänen sylissään ja Hän veti häntä vielä lähemmäs vakuuttaen hänelle, että häntä arvostetaan ja suojeltiin.

Kun hänen väsynyt ruumiinsa lakkasi tärisemään, hän nukahti rauhallisesti Mestarinsa suloiseen syleilyyn.

*　*　*

Hän heräsi, kun Hän nosti hänet ja kantoi hänet kylpyammeeseen.

Hän käveli hänen kanssaan ja piti häntä sylissään, kun he upposivat kuumaan, höyryiseen veteen.

Se oli upeaa, ja hän hymyili, kun hän muisti, kuinka paljon he olivat nauttineet käsintehdystä kylpyammeesta niin kauan.

Mestari Robert kylpee häntä niin hellästi kuin hän olisi vastasyntynyt vauva.

Hän pesi hänen hiuksensa ja kiinnitti erityistä huomiota hänen herkkään pilluaan ja perseeseensä.

Hän hieroi naisen kaulaa ja olkapäitä saippuaisilla käsillään ja vei ne hänen selkäänsä ja hänen perseeseensä, jota hän vaivasi kuin taikinaa.

Orjakylpy oli rituaali, jota hän vaati, mikä teki siitä hänelle paljon merkityksellisemmän.

Se oli kaunista ja hän oli niin onnellinen, että hän ei voinut pidätellä kyyneliään, vaikka Hän ei pystynyt erottamaan kyyneleitä ja vesipisaroita.

Kun hän kuivasi hänet ja kammasi hänen hiuksiaan, hän poisti sängyn peitteen ja he ryöppyivät kylmien lakanoiden väliin sanaakaan sanomatta.

Ei ollut mitään sanottavaa, mitä ruumiit eivät olisi jo sanoneet toisilleen.

Kuten hänen iltapäivänsä, Robert luki hänelle, kun hän jäljitteli hänen kehoaan sormenpäillään.

Ja jo myönnetyllä luvalla hän hoiti häntä, kunnes hän ajautui unelmien maailmaan.

PALKANKOROTUS

29

Anita koputti oveen kuin ei halunnut rikkoa sitä.

Tässä ei ollut järkeä, koska hän oli ainoa henkilö jäljellä donitsikaupassa.

Hän ja oven toisella puolella oleva henkilö.

"Tule sisään", tuon henkilön ääni kuului.

Anita avasi oven ja käveli sisään ja sulki sen perässään.

Lukon naksahdus, kun hän painoi sitä ovenkahvalla, vaikutti kuurouttavalta hiljaisessa toimistossa.

Eric Galvez katsoi ylös pöydällään olevista papereista.

Hän katsoi Anitaa, nättiä ruskeaverikköä meksikolaista työntekijää, jolla oli yllään liikkeen koulutyylinen univormu, valkoinen napillinen paita ja lyhyt ruudullinen hame, kädessään pussi munkkeja.

Hänellä oli virheetön vartalo ja paksut, kerroksiset brunetit hiukset, jotka eivät ulottuneet hänen harteilleen.

"Hei, Anita", Eric sanoi.

Kauppapäällikkö, naimisissa kaksi lasta ja nelikymppinen, laski kynänsä ja hymyili.

"Hei. Olen pahoillani, jos keskeytin jotain", hän sanoi ujosti.

"Ei tietenkään", Eric vakuutti hänelle. "Istu".

Johtajan pieni toimisto koostui sohvasta, kahdesta tuolista, työpöydästä ja arkistokaapeista.

Eric näki Anitan kävelevän häntä kohti hameen heiluessa edestakaisin.

Hän istui tuolilla Ericin pöydän edessä, ristiin pitkät jalkansa ja antoi hameensa yltää reisiinsä.

Hän asetti laukun lattialle hänen viereensä.

"Mikä hätänä?" johtaja kysyi.

Anita epäröi, hengitti syvään ja kuljetti hitaasti toisen käden sormet jalkansa yli hameen alaosasta polveen asti.

"Ajattelen muuttaa pois vuokrahuoneesta asuntoon", hän sanoi.

Hän oli juniori paikallisessa yliopistossa ja työskenteli erilaisissa töissä paikoissa, joiden tunnit eivät häirinneet hänen oppituntejaan.

"Hienoa", Eric sanoi innostuneena ja pysähtyi sitten. "Ja tarvitsetko lisää rahaa? Korotuksen?"

Anita katsoi häntä arasti, ennen kuin hänen kasvoilleen ilmestyi vakavampi ilme.

"En voi uskoa, kuinka paljon he pyytävät vuokraa. Ja käsiraha on..." hän alkoi sanoa.

"Tiedän", Eric keskeytti.

Hän katsoi häntä hetken.

Hän oli työskennellyt hänelle melkein vuoden ja pyysi korotusta toisen kerran.

Siinä tapauksessa hän oli käyttänyt kehoaan "vaikuttaakseen" hänen päätökseensä.

Itse asiassa hän oli halunnut häneltä toisen pyynnön siitä lähtien.

Eric katsoi vieressään olevaa munkkipussia.

"Vietkö munkkeja kotiin?" hän kysyi.

Anitan silmät putosivat pussiin ja takaisin pomolleen.

"Ei. Se on sinulle... meille", hän vastasi.

Eric ei tarvinnut enempää selityksiä.

Hän oli myös tuonut kassin viime kerralla.

Ja tällä kertaa hän tiesi mitä tehdä.

Hän nousi seisomaan ja käveli pöydän ympäri Anitan tuolin takana.

Hän katseli hänen urheilullista vartaloaan, kunnes hän katosi taakseen.

Väestykset juoksivat hänen selkärankaa pitkin odottaessa.

"Niin, toit minulle donitsin", Eric sanoi pehmeästi. "Ja sinä haluaisit jakaa."

Anita nyökkäsi hiljaa.

Eric katsoi nuorta naista, hänen paitansa ylhäältä auki ja ruskettuneita jalkojaan levenevän hameen alla.

Hänen kätensä tarttuivat hermostuneesti tuolin käsivarsien päihin.

Eric laittoi kätensä tytön hiuksiin ja juoksi sormillaan tämän kaulaa pitkin.

Hän tunsi lämpimän ihon hänen paidan kauluksen alla ja siirsi sitten kätensä hänen kaulan eteen ennen kuin lähestyi ylänappia.

Yhdellä ketterällä liikkeellä hän avasi napin; seuraa seuraava.

Hänen rintojensa yläosat tulivat näkyviin ohuiden sinisten rintaliivien sisällä.

Hänen sormensa liukui hänen vasemman rintansa pehmeän ihon yli ja palasi sitten seuraavaan nappiin.

Hän kiersi molemmilla käsillä hänen kaulaansa ja avasi jokaisen napin, kunnes saavutti hameen yläosan.

Eric veti paidan pois hameestaan ja avasi viimeisen napin.

Anitan paita avautui juuri sen verran, että Eric näki suurimman osan jokaisesta rinnasta ylhäältä.

Hän näki heidän nousevan ja laskevan, kun hän haukkoi henkeään.

Hänen rintojensa välissä oleva keskikoukku piti rintaliivit yhdessä.

Tämä ei ollut sattumaa, Eric ajatteli itsekseen.

Hän kurkotti alas ja avasi rintaliivit antaen molempien puoliskojen levätä vapaasti hänen rintojensa päällä.

Anita istui edelleen liikkumattomana katsoen Ericin käsiä tai suoraan eteenpäin.

Hän tiesi, että asiat muuttuvat nopeasti.

Eric asetti kätensä hänen rintojensa päälle ja antoi niiden pudota, kunnes hänen sormensa irrottivat rintaliivit.

Hän kupli hänen paljaat ruskeat rinnat käsiinsä pitäen niitä hellästi hetken.

Lopuksi hän laittoi Anitan nännit peukaloiden ja etusormien väliin ja puristi niitä hellästi.

Nuori nainen huokaisi kuuluvasti.

Eric tunsi kukkonsa kovettuvan housujensa sisällä, kun hän käsitteli nännejä.

Ne kovettuivat hänen kosketuksensa alla ja Anita tunsi kiihtyneen tuskan kulkevan vatsansa läpi pillulleen.

Eric kietoi kätensä hänen rintojensa ympärille, mutta saattoi hädin tuskin täyttää niitä otteessaan.

Hän poimi ne ja näki niiden asettuvan hänen kämmiensä.

Hän käveli tuolin ympäri ja seisoi pöydän ja Anitan välissä ja katsoi häntä lyhyesti.

"Nouse ylös ja riisu paitasi", hän sanoi rauhallisella äänellä.

Anita avasi jalkojaan ja seisoi muutaman tuuman päässä pomostaan.

Hän nosti paidan olkapäilleen ja antoi sen pudota tuolille.

Pysähtymättä hän teki saman rintaliiveillään.

Eric laittoi kätensä Anitan reisien ulkopuolelle ja kohotti kätensä, kunnes ne katosivat hänen pienen hameensa alle.

Anita tunsi kädet nousevan housujensa ulkopinnan ja takapuolen yli.

Sitten Eric siirsi kätensä hänen vyötärölleen ja tarttui hänen pikkuhousunsa hihnaan.

Hän laski ne hitaasti alas polvistuen, kun ne kulkivat hänen polvien ja jalkojen yli.

Hän asetti mustat pikkuhousut tuolille ja riisui kengät.

Noustuaan ylös hän katsoi hameeseensa ja sanoi:

"Ota se pois päältä."

Anita avasi hameen vetoketjun ja antoi sen pudota lattialle, astuen ulos ja potkimalla sitä sivulle.

Eric ihaili hänen pientä vyötäröään, täysiä lantiota ja reisiä,

pitkät jalat ja pienet jalat.

Hänen silmänsä palasivat hänen pilluaan ja pieneen, ohueeseen tummiin hiuksiin hänen klisonsa yläpuolella.

Anita tunsi olonsa poikkeuksellisen seksikkääksi sillä hetkellä, kosteus hänen jalkojensa välissä lisääntyi sekunnissa.

Hän halusi miehen eteensä alasti ja tiesi, että se oli väistämätöntä.

"Ota vaatteeni pois", hän sanoi hänelle.

Hänen täytyi tarkoituksella hidastaa liikkeitään, jotta hän ei paljastanut haluaan.

Pian Anita kuitenkin veti Ericin paidan hänen päänsä päälle paljastaen hyvin rakennetun, ellei liian lihaksikkaan ylävartalon.

Hän katsoi alas ja avasi vyön, Ericin silmät vuorotellen rintojen ja käsien välillä.

Hän avasi hänen housunsa napit ja veti niitä alas, kunnes ne putosivat itsestään hänen pohkeensa päälle.

Anita polvistui ja riisui kengät ja sukat ennen kuin riisui housunsa ja heitti ne sivuun.

Hän katsoi eteenpäin nyrkkeilijöissään kasvavaa pullistumaa, tarttui sitten vyötärönauhaan ja veti ne alas.

Ericin valtava kukko oli vain puoliksi pystyssä, mutta Anita tunsi jännityksen aallon virtaavan hänen ylitseen, kun hän poisti hänen nyrkkeilijäänsä.

Hän nousi seisomaan ja kohtasi pomonsa.

Anitan helpotukseksi hän teki ensimmäisen liikkeen halaamalla häntä ja vetämällä häntä kohti.

Hän suuteli häntä intohimoisesti, painaen kukkonsa hänen vartaloaan vasten ja siirsi kätensä hänen perseeseensä.

Eric puristi hänen pehmeitä poskia, kun heidän kielensä kohtasivat heidän huultensa.

Anita tunsi pillunsa hierovan vartaloaan vasten, ei ollut varma, oliko hän päättäväisempi tyydyttääkseen itsensä vai Ericin.

Heidän suudelmansa jatkui, kun hän kietoi kätensä hänen kalunsa ympärille ja tunsi sen sykkivän.

Kukko alkoi osoittaa ylöspäin ja tyttö pumppasi kättään toistuvasti ylös ja alas jäsentä.

Kun suudelma päättyi, Eric katsoi Anitaa ja sanoi:

" Vaimoni ei tee sitä minulle. Teet sen upeasti."

"Kiitos, olen iloinen, että pidät siitä", hän hymyili.

"Minulla on nälkä", Eric sanoi.

"Minä myös".

He siirtyivät kohti sohvaa.

Eric nappasi munkkeja sisältävän pussin matkalla.

Hän löysi aikaa katsella Anitan pientä, pyöreää pohjaa pomppivan askelillaan ennen kuin hän makasi sohvalle, pää pienellä tyynyllä toisessa päässä.

Eric kurkotti pussiin ja veti sieltä donitsin ja pienen muoviveitsen.

"Ah, täynnä vaniljakermaa. "Suosikkini", hän sanoi. "Haluatko jakaa?"

"Haluaisin", Anita vastasi.

Eric polvistui ja asetti suklaalla peitetyn munkin tytön litteälle vatsalle leikkaaen sen varovasti kahtia veitsellä.

Anitan vartalon läpi juoksi väre, kun veitsi tuskin kosketti hänen ihoaan.

Eric näki hänen säpsähtelevän, kun veitsen terä ilmestyi uudelleen paksun munkin sisältä, ja asetti sitten veitsen ja puolet donitsista pussin päälle lattialle.

Hän nosti donitsin hänen vatsaltaan ja käänsi kermalla täytetyn keskuksen häntä kohti.

Metodisesti hän laski sitä, kunnes hänen oikean rinnan nänni oli suoraan voiteen alla.

Pitkällä, pehmeällä vedolla hän toi kerroksen vaniljakermaa hänen rinnansa päähän.

Anita sulki silmänsä, kun kylmä pehmuste peitti nännin ja ympäröivän ihon lähettäen aaltoja hänen vartalonsa läpi kohti vatsaa ja pillua.

Eric siirsi donitsia hieman sivuun ja toisti prosessin lisäämällä toisen kermanauhan ensimmäisen viereen.

Lopulta hän käänsi donitsin ympäri ja hieroi suklaapäällystettä jäykän nänninsä kärkeen.

Eric laittoi donitsin pussiin ja katsoi Anitaa.

Hän katseli tarkkaavaisesti, odotti hänen seuraavaa siirtoaan ja anoi hiljaa häntä nielemään hänet.

Eric liikutti päätään hänen rintaansa vasten ja juoksi kielellään hänen nännin yli maistellakseen makeaa suklaata.

Anita melkein voihki ääneen, mutta pidätteli itsensä ja katseli pomonsa kielen pidennettyä polkuaan niin, että se ulottui tuuman nännin ylä- ja alapuolelle.

Hän nieli kerran ennen kuin palasi rintaan. Tällä kertaa hän avasi suunsa leveäksi ja otti sisään mahdollisimman paljon tytön pyöreästä, täyteläisestä rinnasta.

Hänen kielensä raapui nännin yli useita kertoja ennen kuin hänen huulensa sulkeutuivat vaaleanpunaisen lihan ympärille ja imevät sitä.

Tällä kertaa Anita ei voinut hillitä itseään.

"Voi luoja", hän kuiskasi.

Eric kohotti päätään ja nuoli voidetta huuliltaan.

Kun hänen suunsa osui jälleen Anitan rinnoille, hänen kätensä työnsi rintaa ylöspäin ja hän nuoli nälkäisesti loput vaniljakermasta hänen ihostaan.

Se palasi aina nänniin.

Anita kaarsi selkänsä työntäen rintaansa korkeammalle.

Hän tunsi jalkojensa välisen kosteuden lisääntyvän joka kerta, kun hänen kielensä kulki nännin yli, ja hän oli varma, että hän saisi hänet tulemaan, jos hän piti hänet tällaisena.

Hän kurkotti jälleen munkkia ja tällä kertaa levitti valkoista täytettä ja suklaata vasempaan rintaansa enemmän.

Kerma peitti lähes kaksi kolmasosaa hänen rinnastaan, jolloin Ericin kädessään oli lähes ontto munkkipuolikas.

Laitettuaan donitsin takaisin pussiin, hän kumartui Anitan vartalon ylle ja paljasti hänen rintansa huolellisesti nuolla kerrallaan.

Tyttö siirsi kätensä Ericin päähän ja painoi sitä kovemmin hänen rintaansa vasten.

Samaan aikaan hänen kätensä siirtyi naisen lantiolta hänen jalkojensa väliin, hyväillen hetkellisesti siististi leikattujen tummanruskeiden hiusten alla haudattua klilista.

"Voi Jeesus", hän sanoi pehmeästi. "Tuo tuntuu niin hyvältä."

Vain pieni määrä vaniljakermaa rinnassaan Eric kiipesi sohvalle ja asetti jalkansa jalkojensa väliin.

Hänen kalunsa oli nyt täysin pystyssä ja osoitti ylöspäin terävässä kulmassa.

Hän kumartui eteenpäin ja asetti kukkonsa hänen kerman peittämälle rintakehille liikuttaen sitä edestakaisin, kunnes hänellä oli pieni kerros valkoista täytettä.

Anita ohjasi kädessään kukon alueille, joissa oli eniten kermaa.

Pian se oli valkoinen vaaleanpunaisesta päästä tyveen.

Anita katseli, kun Eric liukui eteenpäin ja toi kukkonsa hänen huulilleen.

Hän avasi innokkaasti suunsa ja otti lahjan vastaan.

Kerman sokerinen maku sai hänet melkein unohtamaan rakkauden, jota hän tunsi kuuman, kovan kakun makua kohtaan.

Hänen kielensä työskenteli jäsenen kaikkia puolia, kun Eric liukui sitä sisään ja ulos suustaan, mikä sai hänet voihkimaan ilosta.

" Ummm , Anita. Ime minua, nuolla minua näin", Eric sanoi. "Kyllä, kyllä. Niin."

Kesti muutaman minuutin, ennen kuin tyttö sai viimeisen kerman ulos kukkosta; imee, nuolee ja nielei niin nopeasti kuin pystyi.

Kun hän lopetti, Eric oli kovempi kuin ennen ja oli lähellä huippua.

"Haista minua, Eric", Anita huudahti äänekkäästi. "Haluan sinut sisälleni. Ole hyvä."

Kun hänen pomonsa nousi sohvalta, Anita levitti jalkansa ja kohotti polviaan.

Kun hänellä oli kukko pillunsa sisäänkäynnillä, hänen kätensä oli valmiina ohjaamaan hänet hänen sisäänsä.

Jopa hän oli yllättynyt siitä, kuinka valmis hän oli häntä varten.

Heti kun turvonneen peniksen pää löysi aukon, Eric pystyi laskeutumaan, kunnes heidän reidensä kohtasivat lempeällä iskulla.

"Jumala kyllä. "Haista minua", Anita sanoi.

Eric vastasi nopeasti hänen vaatimuksiinsa.

Hän nosti häntä perseestä ja alkoi liu'uttaa kukkoansa sisään ja ulos, tunteen hänen supistavan emättimensä ajoittain.

Anita nosti jalkojaan ja kietoi ne hellästi Ericin vyötärön ympärille, jolloin hän nosti hänet vielä korkeammalle.

Anitan rinnat heiluivat rytmisesti.

Hän puristi hänen nännejään toisinaan lähettäen sähkövirtoja suoraan pillulle.

Sillä välin Eric asettui uudelleen niin, että vapaa käsi saattoi hieroa klilistä.

Hän löysi turvonneen kyhmyn helposti ja hieroi sitä.

Tytön pää alkoi heilua puolelta toiselle ja mutisi:

"Vittu. Paska. Kyllä siellä. Siellä!"

Eric hieroi häntä kovemmin ja tunsi hänen kehonsa jännittyneen.

Hänen jalkansa puristivat häntä tiukasti ja hän huusi: "Ahhhh. Voi luoja. Nyt."

Hänen orgasminsa alkoi toisesta vaimeasta voihkimisesta ja hänen lantionsa nykivät ylös kohdatakseen hänen alaspäin suuntautuvia työntöjä.

Ainakin kolmenkymmenen sekunnin ajan Eric astui hänen sisäänsä yhä uudelleen ja uudelleen, kun hän voihki ja huusi, että hän naittaisi häntä.

Eric halusi tunteen hänen tiukka pillunsa hänen kukkonsa ympärillä ja hänen alapuolellaan vääntelevän vartalonsa kestävän ikuisesti.

Hän piti kiinni hänen takamuksestaan, kun hän hitaasti asettui sohvalle.

Nyt kun Eric pystyi keskittymään omaan kehoonsa, hän tunsi ensimmäisen cum-aallon nousevan palloistaan.

Anita tunsi lähestyvän orgasmin hänessä ja kehotti häntä jatkamaan.

"Siinä se. Tule, cum pilluani."

Ericin kukko räjähti cum-tulvassa, jonka Anita tunsi täyttävän sisäpuolensa.

Lämmin neste tuli ulos useissa spurkseissa, joista jokaiseen liittyi voimakas voihka.

Eric tarttui Anitaan tämän olkapäiden pohjasta ja painoi tämän vartaloa tätä vasten.

Kun hän oli lopettamassa ja seisoi paikallaan kukkonsa syvällä hänen sisällään, Anita puristi pilluaan lujasti.

"Ahh, vittu. "Lopeta", Eric mutisi melkein hengästyneenä ja puoliksi nauraen.

Hän ravisteli itseään viimeisen kerran ja putosi häneltä ontuneena ja täysin uupuneena.

Hän makasi hänen sylissään, päänsä hänen rinnallaan ja hänen jalkojaan edelleen kiedottuna hänen vyötärön ympärille.

"Ainoa mitä sinun tarvitsee tehdä, on pyytää sitä milloin haluat", Eric sanoi pehmeästi, hänen sormensa seuraten hänen nännin ääriviivoja.

"Minulla oli vain nälkä tänään", hän sanoi.

ODOTTAMATON TILANNE

41

LUKU I

"Odotan sinua huoneessa, pukeudu jotain paljastavaa", John oli kertonut hänelle.

He kohtelivat häntä kuin noutoruokaa, Gina ajatteli lopettaessaan puhelun.

Ja siltä hänestä tuntui nyt, kun hän levitti meikkiä meikkipeiliin: varjostetut silmät, sydämenmuotoiset punaiset huulet ja juuri sen verran meikkiä kasvoillaan, ettei hän näytä vahamuseon hahmolta.

Haluatko tilaukseesi jotain muuta, kulta?

Tyytyväinen työhönsä hän käveli paljain jaloin makuuhuoneen maton poikki, yllään vain rintaliivit ja pikkuhousut, ja avasi vaatekaapin.

Hän otti ylhäältä hyllyltä, jossa hänen vaatteensa olivat, pienen rahalaatikon ja vei sen sänkyyn.

Kun hän avasi sen, monet kymmenet ja kaksikymppiset putosivat silkkilakanoiden päälle.

Gina laski neljä kahdestakymmenestä ja laittoi loput laatikkoon.

Hän laittoi laatikon takaisin kaappiin, laittoi rahat kukkaroonsa ja alkoi pukeutua.

John asui kaupungin toisella puolella ylellisessä viiden makuuhuoneen rivitalossa lähellä kanavaa.

Ajomatka sinne kestäisi kymmenen minuuttia iltapäivän liikenteestä riippuen.

Hän oli suhteellisen uusi asiakas, jota hän oli palvellut kuusi kertaa tähän mennessä.

Hän vihasi häntä.

Hän oli ylimielinen, töykeä ja täysin perverssi.

Hän oli italialaista syntyperää: oliivinvärinen iho, suuri nenä ja paksut mustat hiukset kaikkialla.

John rakasti syömistä, ja Gina ajatteli, että hän näytti 1940-luvun gangsterin ja vatsaisen sian risteytykseltä .

Hän oli kerskunut siteistään, jotka hänellä oli rikolliseen alamaailmaan, mutta Gina ei ollut varma, kuinka suuri osa hänen sanoistaan oli totta.

Hän luuli, että hän yritti vain tehdä häneen vaikutuksen.

Hän ei ymmärtänyt, miksi miehet pitivät tätä houkuttelevana tyttöjä.

Gina vihasi väkivaltaa ja sammutti elokuvan ensimmäisten veren tai väkivallan merkkien jälkeen.

Mutta John oli ehdottomasti jonkinlainen ovela liike.

Hän oli nähnyt aseita hänen talossaan.

Hän oli kuullut kiihkeitä puheluita heidän seksisuhteensa aikana, joita John kieltäytyi jättämästä huomiotta.

Puhutaan rahasta ja huumeista.

Hän piti Johnin kaltaisia miehiä vihamielisinä: ahneita, itsekkäitä, epärehellisiä ja korruptoituneita.

Hän tarvitsi kuitenkin rahaa liikaa.

Ginan elämä oli täynnä velkaa.

Humanistinen yliopistokurssi, mini Fiat, jolla hän ajoi sihteerin työhönsä joka päivä, vaatteiden ostoksilla, lomailla Ibizalla ja lainalla, jonka hän oli ottanut asuntonsa sisustamiseen.

Hän ui velassa, mutta lainayhtiöt eivät olleet koskaan kieltäneet häneltä mitään.

Ja siksi hän oli työskennellyt yksityisenä saattajana viimeisen vuoden.

Yksityinen oli avainsana.

Hänellä ei ollut verkkomainontaa, ja hän pelkäsi liikaa, että hänen perheensä tai ystävänsä löytäisivät hänen surkean salaisuutensa.

Jos ei, hän oli riippuvainen suusta suuhun ja kanta-asiakkaisiinsa, kuten Johniin.

Ensimmäinen mies, joka maksoi hänelle seksistä hänen kanssaan, oli nimeltään Peter.

Hän tapasi hänet treffisivustolla erottuaan Adamsin kanssa, mutta tiesi heti, että hän ei ollut häntä varten.

Se ei johtunut siitä, että hän oli nelikymppinen ja viisitoista vuotta häntä vanhempi.

Itse asiassa tämä oli syy siihen, miksi hän oli tavannut hänet alun perin, koska hän ajatteli, että vanhempi mies voisi antaa hänelle sitä, mitä Adams, 24-vuotias, ei voinut.

Sitoutuminen, turvallisuus, ehkä uusia seksuaalisia kokemuksia.

Hän ei yksinkertaisesti tuntenut mitään yhteyttä Peteriin, ja hän tiesi sen tunnin sisällä heidän ensimmäisestä treffeistään, illallisesta kahdelle intialaisessa ravintolassa kaupungin mukavimmassa osassa.

Hän sanoi hyvästit ja kiitti häntä herkullisesta ateriasta uskoen, että se olisi viimeinen kerta, kun hän näkisi hänet.

Mutta Peter oli kiinnostunut hänestä enemmän kuin hän alun perin ajatteli.

Hän otti häneen yhteyttä kaksi päivää myöhemmin ja tarjosi hänelle maksua seksistä.

Gina oli aluksi yllättynyt, jopa loukkaantunut.

Syvän rusketuksen, värjättyjen vaaleiden hiustensa ja paljastavien vaatteiden halunsa ansiosta hän tiesi tekevänsä houkuttelevan vaikutuksen.

Mutta se ei tekisi hänestä lutka tai joku, joka levittäisi jalkansa ensimmäisten taloudellisten vaikeuksien merkkien jälkeen.

Hän oli varmasti tavannut tyttöjä, jotka olisivat halunneet.

Mutta Peter vaikutti niin mukavalta kaverilta, ja mitä enemmän Gina ajatteli velkaa, hän alkoi miettiä, mitä haittaa tarjouksen hyväksymisestä oli. Siitä olisi molemminpuolista hyötyä.

Peter hallitsi hänet ja hän saisi kipeästi tarvitsemansa rahat.

Jos kukaan ei lopulta satuta, mikä oli ongelma?

Gina oli kuitenkin naiivi.

Hän ei koskaan osannut aavistaa, kuinka riippuvuutta aiheuttavaa maksullinen seksi voisi olla, eikä kuinka kurjalta ja halvalta se saa hänet tuntemaan olonsa.

Asiaa pahensi vielä se, että Peter ei ollut se herrasmies, jonka hän oli ensin luullut hänen olevan.

Pian levisi sana, että hän oli hyvä palveluissaan, ja tämä saattoi johtua vain siitä, että hän levitti sen suoraan.

Kaikenlaiset tarjoukset sen treffisivuston kautta, jossa hän oli tavannut Peterin, täyttivät hänen postilaatikkonsa.

En voinut uskoa, kuinka monet iäkkäät miehet etsivät nuorempia naisia seksiä varten ja kuinka moni oli valmis maksamaan siitä.

Se oli ollut hänelle erittäin tuottoisaa, ja hän oppi pian, että hän voisi ansaita enemmän rahaa, jos hän olisi valmis työntämään rajojaan hieman pidemmälle.

Miehet maksoivat enemmän asioista, kuten anaalista, herruudesta, kultaisista suihkuista ja erilaisista roolipeleistä.

Gina oli investoinut koulutyttöjen univormuihin, seksikkäisiin alusvaatteisiin ja piiskaihin. Hän oli syönyt kaikkea, mitä he ehdottivat, ja laittanut sisäänsä kaikenlaisia esineitä ja jopa teeskennellyt imettävänsä 50-vuotiasta vaippaan pukeutunutta miestä.

Tietysti John oli rahoillaan nauttinut kaikista saatavilla olevista mukavuuksista.

Korkealuokkaisista prostituoiduista pornotähtiin ja jopa sivun kolmeen malleihin.

Se oli pakkomielle, joka rajoitti riippuvuutta.

Näytti siltä, että kaikki nuoret ja kauniit tytöt olivat halukkaita myymään omaisuutensa, kun he olivat vielä haluttuja.

Se oli traagista.

Ei siis ollut yllätys, että saatuaan tietää ystävältä John otti yhteyttä Ginaan.

Ja tänä iltana oli tarkoitus olla heidän viides kerta yhdessä.

Gina katsoi kelloaan ja suoristi vaatteensa käytävän peilissä. "Kaikki on ohi vuoden kuluttua, tyttö", hän muistutti itseään.

'Sinä voit tehdä sen.'

Sitten hän nappasi avaimensa ja käveli ulos ovesta.

LUKU II

Kymmenen minuuttia myöhemmin hän pysähtyi Midesting Roadille.

Kello oli juuri yli kymmenen puolikymmentä ja allasjuhlat yhdessä toisessa talossa olivat täydessä vauhdissa.

Hän ajoi Johnin talon takorautaporttien läpi ja pysäköi Fiatin ajotielle.

Kuu paistoi Johnin hopeisen Mercedesin katolla, kun hän kuuli kantapäänsä rypistävän soran poikki ja käveli talon puolelle.

John oli käskenyt häntä menemään sisään takaoven kautta.

Tänä iltana he pelaavat roolipeliä.

Hän makaa sängyssä ja hän tulee kävelemään sisään, kuin varas, ja yllättää hänet.

John rakasti sekoittaa asioita.

Hän ei ollut koskaan tavannut yhtä seksuaalisesti mielikuvituksellista miestä.

Hän pysähtyi talon puoliväliin ja katsoi ylös ja alas kujalle.

Hän oli varma, ettei kukaan näkisi häntä siellä, mutta hän halusi varmistaa sen varmuuden vuoksi.

Hän veti pikkuhousut alas, liu'utti ne kantapäänsä yli ja suoristi sitten hameensa.

Hän laittoi pikkuhousut laukkunsa sisään.

Punainen pitsi, Johanneksen suosikki.

Sitten hän horjui kantapäällään polkua pitkin ja avasi oven takapihalle.

Metallinen roskakori kolisi, kun hän vahingossa potkaisi sitä terävän kantapäänsä kärjellä.

'Tyhmä!' Hän neuvoi itseään.

Keittiön valo palaa ja siihen johtava terassiovi oli raollaan.

John on varmaan jättänyt sen avoimeksi hänelle.

Gina työnsi hiuksensa taaksepäin, jatkoi aistillista kävelyään ja astui taloon.

Hän haisi palavan, kun hän meni keittiöön ja sulki oven.

Se oli luultavasti yksi sikareista, joista John piti polttaa.

Hän oli niin tupakoiva gangsteri .

Talo oli hiljainen.

Johnin täytyi odottaa häntä sängyssä, kuten hän oli kertonut hänelle.

Gina käveli harkitusti kalustetun ruokasalin läpi, jossa kaikki modernit ja puiset huonekalut olivat syvän punaisen sävyisiä, ja ulos käytävään.

Hän katsoi ylös kierreportaita.

"John", hän sanoi pilkallisesti. 'Oletko valmis vai et?'

Hänen kantapäänsä napsahtivat kiillotetuilla portailla, kun hän kiipesi portaita.

Kääntyessään käytävään hän näki Johnin makuuhuoneen oven avautuvan.

Valo palaa, mutta se ei silti pitänyt ääntä.

Sitten hän kuuli räjähdyksen.

'John?'

Lihava paskiainen luultavasti istui valtaistuimellaan omassa kylpyhuoneessa.

Gina tasoitti hiuksensa, laski pääntietään ja astui huoneeseen.

Kaikki tuntui pysähtyvän sillä hetkellä.

Ginan koko vartalo jäätyi.

John makasi sängyllä täysin alasti ja tuijotti kattoa, ja hänen ympärillään oli verilamppu, joka kasteli lakanoita ja hänen kurkkunsa oli halkaistu.

Gina huusi.

Tumma hahmo tuli ulos oven takaa ja tarttui häneen, kietoi kätensä hänen kaulansa ympärille ja laittoi kätensä hänen suunsa päälle .

"Älä pidä melua tai minä katkaisen sinunkin", hän sanoi.

Gina tunsi veitsen kylmän, terävän kärjen kaulassaan.

'Kuka sinä olet?' hän voihki.

"Joku, jota et haluaisi naida"

Mies puristi hänen niskaansa kovemmin lihaksikkaalla kyynärvarrellaan.

'Mitä teet täällä?'

"Tulin tapaamaan Johnia."

'Jotta?'

"Hän pyysi minua tekemään sen."

'Koska?' mies vaati.

"Vain nähdäkseni sen."

Hän murskasi Ginan henkitorven käsivarrellaan, mikä sai tämän tukehtumaan.

'Koska?' huutaa.

"Harrastamaan seksiä", Gina onnistui änkyttämään.

Hän alkoi yskiä, kun mies helpotti painetta hänen kaulassaan.

'Oletko prostituoitu?' hän sanoi.

'Ei!'

'Mitä sitten?'

'Seuralainen'.

"Se on sama asia", mies sanoi.

Gina ei sanonut mitään peläten liiankin, että mies voisi napsauttaa hänen niskaansa tai puukottaa häntä, jos hän menisi hänen ristiin.

"Näyttää siltä, että meillä on ongelma", hän sanoi.

Hän kääntyi Johnin elotonta ruumista kohti pitäen Ginaa lujasti hänen kätensä ja rintakehän välissä.

Ginasta tuntui, että hän sairastuisi nähdessään niin paljon verta.

"Nyt olet murhan todistaja."

"Ole kiltti", Gina aneli.

'En kerro kenellekään. Päästä minut vain menemään.'

LUKU III

Miehestä kuului synkkä nauru.

"Ymmärrät varmasti, että se ei tule olemaan niin helppoa."

Pelko lensi Ginan ruumiin läpi.

Hän tunsi, että lämmin virtsa alkoi tippua hänen jalkojensa sisäpuolelle.

Hän ei halunnut kuolla tänä iltana.

Mies tarttui hänen käteensä nahkahansikkaalla kädellä ja vei hänet kylpyhuoneeseen.

Hän sulki oven perässään ja kääntyi katsomaan häntä.

Gina perääntyi nurkkaan nähdessään hänen kasvonsa.

Hän ei ollut odottanut sen olevan yksi kauneimmista kasvoista, joita hän oli koskaan nähnyt, mutta hänen poskeaan pitkin kulkeva syvä arpi yllätti hänet eniten.

Ja hänen ruumiinsa näytti olevan tehty tappamaan nyrkkeilymestarin hartioilla ja se saattoi murtaa kaulan kahtia.

Hän oli hirviö.

Hän katsoi häntä ylös ja alas kovasinisin silmin.

"Kuka tietää, että olet täällä?"

'Ei kukaan! Pyydän, voitko päästää minut menemään ja paeta. Vakuutan teille, etten kerro poliisille.

Hän lähestyi häntä hitaasti, saalistavalla askeleella.

'On liian myöhäistä siihen. Olet jo nähnyt kasvoni.

'Lupaan, etten kerro. Ole kiltti, en välitä sinusta tai Johnista, haluan vain mennä kotiin. En halua kuolla." Gina purskahti itkuun.

Mies laittoi hansikkaat kätensä hänen paljaalle olkapäälleen ja lähestyi hänen kasvojaan uhkaavasti.

Gina tunsi lämpimän ilman nenästään leviävän poskiaan vasten.

"Tuolla, siellä, tuolla", hän kehräsi. "Miksi pilata nämä kauniit kasvot?"

Hän juoksi pitkällä sormella pitkin Ginan kyyneleistä poskea.

Ginan koko vartalo muuttui jääksi, kun hän tunsi hänen kosketuksensa.

Jotain äärimmäisen ristiriitaista oli siinä, että hän tunsi vetoa tämän miehen kehoa kohtaan ja pelko, jota hän tunsi, kun joku, jonka hän tiesi, voisi helposti tappaa hänet seinää vasten.

Hän kumartui lähemmäksi ja juoksi karkealla kielellään hänen kasvojensa poikki, mikä sai hänet tuntemaan väreet juoksevan hänen ihollaan.

Hän ei odottanut mitä seuraavaksi tapahtuisi.

Miehen hansikas käsi liukastui hameen alle, kun hänen pitkät sormensa tutkivat hänen paljastuneita huuliaan.

"Tuhma tyttö", hän sanoi odottamattoman löytönsä jälkeen.

"Ole hyvä... oh"

Mies oli poistanut hansikkansa ja pitkä, mehevä sormi oli nyt hänen sisällään.

Hän löysi Ginan kliskon sujuvasti ja hieroi sitä luoden lämpöä, joka alkoi levitä hänen sisällään.

Hän juoksi kielellään Ginan kaulan tiukkoja muotoja pitkin samaan aikaan.

Gina kääntyi ja näki heijastuksensa pesualtaan yläpuolella olevasta peilistä.

Ja hän näki myös tämän pitkän, oudon pedon vajoavan hänen kaulaansa kuin vampyyri, vapaassa kädessään olevan veitsen terän välkkyvän halogeenivalossa varoituksena.

Hän ei uskaltanut liikkua, koska pelkäsi, että hän käyttäisi terävää kärkeään häntä vastaan.

Mies vetäytyi pois ja kulji katseensa hänen vartalonsa yli.

Heissä oli syvä kiihottuminen, ikään kuin hän näkisi hänen alaston ruumiinsa vaatteiden läpi.

Hän liukui hänen laukkunsa olkapäältä ja pudotti sen lattialle, samalla kun huulipunaputki ja punaiset pikkuhousut valuivat laatoille.

Hän tarttui yhdestä naisen rinnoista hänen ihotiiviin liivinsä läpi ja puristi sitä varovasti, sitten juoksi sormellaan hänen nännin yli, kun se kiinnitti huomiota.

Hän oli kitti hänen käsissään.

"Mitä aiot tehdä kanssani?" hän kysyi.

"Koska olemme yksin ja meillä on paikka valmiina juuri meitä varten, annan sinulle sen, mitä tuo kaveri siellä ei ole koskaan antanut sinulle."

Voi luoja, Gina ajatteli. Ei se.

Tunteessaan hänen pelkonsa mies hymyili.

'Älä huoli. Kun koet minut pillussasi, olet iloinen, että toinen on kuollut.

Mies oli oikeassa heidän ollessaan yksin.

Ilman naapureita lähellä avunhuuto olisi turhaa.

Jos… jos hän suostuu, teki sen, mitä mies sanoi, hän voisi lähteä kotoa hengissä.

Kun kaikki muut todennäköisyydet olivat häntä vastaan, mitä muuta hänellä olisi ollut kuin saada elämänsä paras roolipeli?

Joten hän teki päätöksen.

Hän aikoi tehdä elämänsä parhaan esityksen.

Ja jos hän epäonnistui, hänellä oli varasuunnitelma.

"Ota se pois", mies murisi ja osoitti päätään liiviään.

Gina teki kuten sanoi.

Kun liivi liukui hänen päänsä yli, hän pudisti hiuksiaan ja tuijotti hänen vartaloaan.

" Haluan sinunkin olevan alasti", hän sanoi.

Mies nauroi pilkallisesti.

'Et aio kertoa minulle, mitä tehdä. Ja en ole niin tyhmä kuin luulet. Vedä se alas. Hän nyökkäsi Ginan hameen päin.

Hän avasi hameensa ja antoi sen pudota jalkojaan alas, sitten potkaisi sitä kantapäällään häntä kohti.

Hän oli siellä ennen häntä korkokengissä ja rintaliiveissä, ja ajeltuja häpyhuulet olivat alttiina kylpyhuoneen viileälle ilmalle.

Hän kohotti ripsivärillä reunustetut siniset silmänsä vangitsijansa läpitunkevaan katseeseen.

" Kuinka suloinen ja kaunis", hän sanoi ja imi ilmaa sieraimiinsa. 'Käänny ympäri.'

Gina kääntyi ympäri ja katsoi laatoitettua seinää.

Peilin heijastuksen kautta hän katseli, kun mies kumartui ja hyväili hänen haaraansa tutkiessaan hänen takaosaansa.

Suuri pullistuma, jonka hän näki työntyvän ulos hänen housuistaan, kertoi hänelle, että hän oli hyvin varustettu.

Hän sai hänet nojautumaan eteenpäin, tarttumaan hänen lantionsa ja toi haaransa häntä kohti.

Kova, rasvainen pullistuma painui nyt hänen pakaraan.

Hänen paljas kätensä kosketti hänen persettä ja työnsi häntä eteenpäin, veitsi edelleen lujasti toisessa.

Gina katseli, kun hän asetti sen tiskille pesualtaan viereen ja alkoi avata housujaan.

Hän katsoi veistä taisteleen halun kanssa tarttua siihen.

Mutta hän tiesi, ettei hän voinut olla niin tyhmä; Kokonsa ansiosta mies ylittäisi pienen viiden jalkansa runkonsa sekunneissa. Silti se oli houkuttelevaa... erittäin houkuttelevaa.

Hänen mustat housunsa putosivat lattialle paljastaen mustan nyrkkeilijän valtavien, lihaksikkaiden reisien yli.

Hänen erektionsa nousi helmaa kohti, turvonneena ja valtavana.

Gina nielaisi haukan, joka melkein karkasi hänen suustaan.

Kuinka hän saattoi mahtua tuon kaiken?

Iso kukko jännittyi nyrkkeiliensä tiukkaa kangasta vasten innokkaana päästä ulos.

Kun mies veti ne alas, iso violetti pää putosi Ginan poskille.

Paksu ja hyvin suoninen osa oli vähintään yhdeksän tuumaa pitkä.

Murhaaja oli seksuaalinen Adonis.

Hän tarttui hänen lantioonsa vielä hansikkaalla kädellä ja otti kukkonsa toiseen, ohjaten sen kohti Ginan pillua.

Kun hän tunsi lämpimän, pehmeän kalunsa huultensa välissä, Gina huokaisi.

Ja kun hän laittoi sen sisään, hänen polvensa melkein taipuivat.

Penis tuli sisään rohkealla syvyydellä, sykkien jännityksestä hänen kuumassa, märässä emättimessä.

Hän osui Ginan sisällä olevaan alueeseen, jota ei ollut koskaan tunkeutunut ennen, ja hänen petollinen klittinsä alkoi pumpata jännityksestä, kosteus kerääntyi hänen huulilleen ja seinilleen mukautuakseen tähän jännittävään uuteen tulokkaaseen.

Mies alkoi työntää, hänen vahvat lantionsa pystyivät pakottamaan Ginan sisäseinien kovuuden poikkeuksellisen nopeasti.

Se tuntui uskomattomalta.

Hän tarttui tiskialtaan reunaan, kun hän jatkoi tunkeutumista hänen kosteisiin pilluihinsa huulilleen, hänen pallonsa löivät häntä vasten.

Hän riisui toisen käsineen ja juoksi suurilla, yllättävän pehmeillä käsillään hänen selkärankaa pitkin ja avasi rintaliivit.

Se putosi laattalattialle vapauttaen hänen rinnansa.

Nyt hänellä oli vain korkokengät jalassa, kun valtava peto osui häneen takaapäin.

Gina tunsi hänen vetäytyvän, hänen pillunsa sai hetkellisen helpotuksen.

Mutta ei kestänyt kauan, kun hänen penisnsä oli jälleen hänen sisällään, mutta tällä kertaa hänen perseensä puolella.

Murhaajan valtava kukko tunkeutui Ginan peräaukon tiukoihin poimuihin lähettäen terävän kivun hänen läpi.

Hetken hän luuli, ettei kestäisi kipua, hänen lihaksensa puristuksissa karkottaakseen tämän vieraan esineen, mutta sitten ne rentoutuivat, kun kipu alkoi muuttua nautinnoksi.

Gina oli saanut anaaliseksiä aiemmin, mutta ei niin suurelta fallukselta kuin tämä.

Ilo, joka täytti hänet nyt, oli erilainen kuin mikään, mitä hän oli koskaan tuntenut ennen.

Hänen täytyi muistuttaa itseään, missä hän oli.

Johnin talossa, kun mies oli juuri tappanut hänet.

Johnin kuollut ja jo hieman kylmä ruumis makasi muutaman metrin päässä toisessa huoneessa kuin hänen entisen itsensä kauhea kuva.

Gina tiesi, ettei hän koskaan pystyisi pyyhkimään sitä kuvaa muististaan, vaikka hän olisi halveksinut häntä kuinka paljon.

Ja se pyyhkiisi pois vihan, jota hän tunsi häntä kohtaan, jos hän sen avulla voisi palata elävänä ja auttaa häntä nyt.

Mutta siinä on jotain outoa, mitä tapahtuu, kun kohtaat tappouhkauksen, ja Gina koki sen ensimmäistä kertaa tässä kylpyhuoneessa, jossa häntä nyt pidettiin vankina.

Vaisto ottaa hallinnan, niin ensisijainen, ettei se enää tunnu eläimelliseltä vaistolta.

Ja tiedät, että teet mitä tahansa selviytyäksesi.

LUKU IV

Mies löi tytön persettä raivokkain töytöin, sylkeä valui hänen suustaan, hänen komeat kasvonsa punastuivat ja kiihottuivat.

Hänen antamansa matalat, kurkkuäänet varoittivat Ginaa, että hän oli aikeissa kumartaa.

Hän tarttui tiukasti tiskin reunaan.

Hänen sormiensa kärjet muuttuivat valkoisiksi, kun hän piti kiinni.

"Vittu", mies voihki.

" Aion cum."

Ja hän tekikin, ja hänen suustaan jäi raskas huokaus, hän sulki silmänsä ja kaarsi päänsä taaksepäin...

Ja Gina tarttui tilaisuuteensa.

Hän päästi irti tiskin ja tarttui veitseen.

Sokealla, voimakkaalla käsivartensa pyyhkäisyllä hän syöksyi sen hyväksikäyttäjänsä kaulaan.

Hän hyppäsi ja painoi selkänsä seinää vasten, laatat kylminä hänen hien kastelemaa selkää vasten.

Silmät auki pelosta ja huolesta Gina näki, että mies seisoi staattisessa asennossa ja tukehtui, kun hänen suuret silmänsä katsoivat häntä.

Veitsi työntyi esiin hänen paksusta, kiiltävästä kaulastaan, ja tummanpunainen veri valui hänen mustan takin kaulukseensa.

Hänen kukkonsa oli edelleen pystyssä, ja kärjestä roikkui kiiltävä cum-jälki.

Hänen hämmentyneet silmänsä pysyivät kiinni Ginan silmissä, kun hänen suunsa avautui ja verta valui hänen alahuulensa yli.

Hän onnistui puristamaan sanan "Narttu" ennen kuin romahti taaksepäin ja törmäsi oveen.

Gina katsoi häntä hetken rintakehän noustessa ja laskussa, ennen kuin nauroi hulluna. Hänen suunnitelmansa oli toiminut.

Ensimmäinen kerta. Hän oli nähnyt hänen sulkevan silmänsä peilistä ejakuloitaessa, joten hän iloitsi siitä, että hän oli helpottanut hyökkäystä paljon.

Hän tarttui vaatteisiinsa ja pukeutui nopeasti puettaen pikkuhousut takaisin jalkaansa.

Hän tarttui kukkaroon ja potkaisi hyökkääjää kantapäänsä terävällä kärjellä. Sitten hän sylki hänen kasvoilleen.

"Se on siitä, että kutsuit minua huoraksi, paskiainen!"

Hän työnsi vartalonsa taaksepäin voidakseen avata oven.

Hänen kallonsa takaosa osui mattoon iskulla, kun hän avasi oven.

Hän tippui varpailleen veren kasteleman ruumiin yli ja astui makuuhuoneeseen.

Hän katsoi Johnin ruumista sängyllä.

Veri lattialla.

Veri sängyssä.

Kuolema kaikkialla, minne hän katsoi.

Se oli liikaa.

Gina juoksi ulos huoneesta ja kierreportaita alas niin nopeasti kuin kantapäänsä pystyivät kantamaan häntä, karmiininpunaiset kolmiot tahrasivat lattiaa hänen perässään.

Portaiden juurella hän pysähtyi, pyyhki kyyneleensä ja hallitsi ajatuksiaan.

Tämä elämäntapa oli pilannut hänelle kaiken.

Se oli tehnyt hänestä onnettoman ja kyynisen miehiä kohtaan.

Hän oli järjestänyt moraalinsa uudelleen.

Ja tuo lihava kuollut paskiainen oli yksi pahimmista turmeltuneine tavoineen ja surkeine fantasioineen.

Hän oli malli yhteiskunnassa , mutta hän levitti ja tartutti turmeltuvilla tavoillaan kaiken mihin kosketti.

Hän mukaan lukien.

Hän oli muuttanut hänestä jotain, mitä hän ei ollut.

Ja nyt hän oli tehnyt hänestä murhaajan.

Hän oli tappanut itsepuolustukseksi, ja hänen omassa veressään makaava paska ansaitsi kaiken, mitä hänelle oli tapahtunut.

Mutta hän tiesi, ettei hän koskaan unohda.

Kuinka hän oli pahoinpidellyt häntä ikään kuin hän olisi vain likainen huora, ja kuinka hänen ruumiinsa oli pettänyt hänet vastaamalla mielellään hänen likaisten, murhaavien käsiensä kosketukseen.

Kuinka monen muun nuoren tytön elämän näiden kahden on täytynyt pilata?

Ja kuinka paljon ne tytöt vielä kärsivät?

En aio kärsiä enää, Gina ajatteli.

Hän juoksi portaita ylös ja meni makuuhuoneeseen.

Kahden ruumiin näkeminen sai hänet oksentamaan, mutta hän nielaisi pahoinvoinnin kyynärpäällä ja käveli sängyn luo.

Johnin kasvot olivat kauhun naamio, hänen suunsa musta ja auki kuin kala, hänen silmänsä jäätyneet kauhusta.

Gina katsoi poispäin ja tunsi kultaista rannerengasta pullean ranteen ympärillä.

Ketjua kiinnitti ohut suorakaiteen muotoinen medaljonki.

Hän avasi sen ja luki sisällä olevan numeron: 47689.

Toistaen numeroa päässään kuin mantraa, hän sulki medaljongin ja kurkotti käsilaukkunsa.

Hän otti paperipyyhkeen ja pyyhki sormenjäljet medaljongista.

Hän katsoi Johniin viimeisen halveksuvan katseen ennen kuin kääntyi ja juoksi alas portaita.

Hän juoksi käytävää pitkin, kunnes saavutti Johnin työhuoneen ja avasi oven.

Hän katseli huonetta, kunnes hänen katseensa osui siihen, mitä hän oli tullut hakemaan.

John on turvassa.

Hän oli kerskunut sen sisällöstä yhdellä Ginan vierailuista ja tämä oli vaatinut tietämään, mitä sisällä oli.

"Kauniita jalokiviä", hän oli sanonut ylimielisesti hymyillen.

"Se on arvokkaampi kuin tämä koko talo."

Sitten hän naputti ketjua ranteeseensa ja laittoi sormensa huulilleen.

"Shh."

Gina käveli seinällä olevan kassakaapin luo ja löi yhdistelmää.

Kassakaappi napsahti ja osoitti, että se voidaan avata.

Hän avasi teräsoven ja katsoi sisään.

Ruskeiden kirjekuorien pinossa oli sametinpunainen korurasia.

Gina tunsi solmun vatsassaan.

Hän avasi sen löytääkseen uskomattoman timanttikaulakorun, jonka hän oli koskaan nähnyt. Sen kauniisti muotoillut kivet kimaltelevat elokuvamaisesti.

"Se on arvokkaampi kuin tämä koko talo", hän kuiskasi itselleen.

Riittää maksaaksesi kaikki velkasi ja sitten osa.

Sydämen sykkiessä rintakehässä hän sulki kannen ja laittoi korurasia laukkuun.

Sitten hän sulki kassakaapin ja hieroi sormenjälkiä kudoksiin.

Hän kiiruhti ulos työhuoneesta ja alas käytävää etuovea kohti tarkastaen, etteivät hänen kantapäänsä olleet jättäneet sen kiiltävälle laudalle mitään syyttäviä jälkiä .

Ei sinun.

Hän avasi talon oven.

Pehmeä, viileä ilma osui hänen poskiinsa, kun hän käveli yöhön, ja talon läsnäolon taakka nousi välittömästi hänen harteiltaan.

Lopulta vapaana hän juoksi alas soratietä ja hyppäsi autoonsa heittäen laukkunsa matkustajan istuimelle.

Hän antoi päänsä pudota takaisin ohjauspyörään ja päästi hiljaisen, kireän huudon.

Väsyneenä ja uupuneena hän kurkotti laukkunsa ja otti esiin puhelimensa.

Hän soitti hätänumeroon.

"Poliisi, olkaa hyvä, tapoin juuri miehen."

WILD VASTAANOTTO

65

Susan makasi sohvalla ja ajatteli kumppaniaan.

Hän rakasti häntä koko sydämestään ja hänen unelmansa oli, että hän tekisi esileikin kanssa mitä halusi.

Nuolla ja imeä häntä, kunnes hänen ekstaasitasonsa oli kuoleman arvoinen.

Sitten nai häntä seksillä, joka on vahvempaa kuin luominen.

Se oli niin tylsä yö.

Susan makasi sohvalla rintaliiveissään ja vaaleanpunaisissa silkkihousuissaan katsomassa elokuvaa.

Mutta Susan ajatteli poikaystäväänsä, hänen kaunista vartaloaan, vihreitä silmiä ja tummanruskeita hiuksia.

Susanin kieli tönäisi hänen huultensa ohi, kun hän ajatteli häntä, himo täytti hänen mielensä ja ruumiinsa.

Juuri silloin, Susan kuuli oven avautuvan, hän oli vihdoin täällä.

Innostuneena ja märkänä hän hyppäsi ylös ja juoksi ovea kohti.

Siellä hän seisoi farkuissaan ja valkoisessa t-paidassa.

Hän astui huoneeseen huomaten Susanin kauniit kohoavat rinnat, kun ne olivat melkein putoamassa hänen rintaliiveistään hänen jännityksestään.

Hän tarttui hänen vyötäröstään, veti Susania itseään kohti ja suuteli häntä syvästi.

"Olen niin vitun kiimainen", Susan kuiskasi hänen lämpimään, märkään suuhunsa. "Haista minua nyt."

Hän ei tarvinnut toista kutsua, vaan työnsi Susanin keittiön pöytää kohti.

Hän riisui paitansa ja sammutti valot pimentäen huoneen.

Susan makasi pöydällä, hänen nännit työntyivät nyt valkoisten rintaliivien läpi ja kostea täplä muodostui hänen yhteensopiviin pikkuhousuihinsa.

Hän lähestyi häntä, hänen farkkuihinsa muodostui pullistuma.

Hän kumartuu Susanin puoleen ja suutelee tämän vatsaa hellästi ja nuolee sitä kauttaaltaan.

Susan henkäisee iloisesti ja hänen kätensä tarttuvat hänen päähänsä vetääkseen häntä lähemmäs.

hänen pikkuhousujensa peitossa , puhaltaakseen kuumaa ilmaa hänen päälleen.

Hän tarttuu naisen alusvaatteisiin hampaillaan ja vetää ne alas yhdellä nopealla liikkeellä.

Hän heittää ne pöydälle ja haistelee niiden pubeja.

Susan alkaa voihkia ja hengittää raskaasti.

Hautaa kasvonsa hänen märkään pilluaan, hän kurottaa irti hänen rintaliivit.

Susanin pirteät rinnat valuvat hänen pehmeiden käsiensä yli.

Hän nuoli varovasti Susanin viiltoa vielä kerran ennen kuin lähestyi jääkaappia.

Hän avasi sen ja otti esiin kulhon mansikoita. Hän otti niistä kaksi ja asetti toisen Susanin vatsalle ja toisen rintojen väliin.

Hän nuoli mansikka napaansa ja söi sen jälkeenpäin.

Hän jatkoi hänen ruumiinsa nuolemista alhaalta ylös ja siirtyi lopulta seuraavaan mansikkaan.

Nuolemalla Susanin dekoltee, hän liikuttaa mansikkaa ylös ja alas hänen rintojensa välissä.

Susan voihkii epätavallisesta tunteesta.

Hän jatkoi mansikan siirtämistä yhä syvemmälle Susanin vartaloa pitkin, kunnes hän saavutti hänen pillunsa työntäen mansikkaa kielellään.

Susan huokaisi ja hän näki pillunsa supistuvan hänen mehunsa peittämän mansikan ympärille .

Hän työnsi mansikan syvemmälle pilluansa.

Hän peitti sen suullaan ja imi hellästi, kunnes mansikka oli taas hänen suussaan; nyt Susanin pillumehujen peitossa.

Hän söi mansikkaa ja söi sen ja käänsi Susanin vatsalleen.

Hän hyväili häntä peppunsa ilmassa.

Hän löi varovasti Susania perseelle ennen kuin sukelsi hänen perseeseensä ja nuoli sitä jättäen hikkoja koko hänen perseeseensä.

Lähellä oli hunajapurkki, ja hän pisti sormensa sisään ja levitti sen Susanin huulille.

Sitten hän työnsi kielensä syvälle naiseen ja sai Susanin voihkimaan.

Hän työnsi kielensä syvälle hänen pilluansa.

Susan huokaisi äänekkäästi ja sanoi:

"Haista minua nyt."

Hän riisui farkut, hänen kukkonsa valmis räjähtämään.

Nyt alasti, hänen kalunsa työntyy ulos isona ja vahvana.

Hän tarttui Susaniin, juoksi kätensä hänen sisäisten reisiensä yli ja asetti kukkonsa suoraan hänen sisäänkäynnilleen.

Hän hieroi päätään tämän kosteutta vasten; Varovasti hän erotti huulensa ja liukui hänen kukkonsa päätä varovasti.

Susanin huulilta karkasi voihka , kun hän tunsi jäsenensä kärjen menevän häneen.

Susan voihki kovemmin, kun hän liukui loput hänen valtava kova kalu hänen pillua.

Kun hän kaikki täytti hänet, hän puristi pillunsa seiniä, joten hänestä tuli nyt voihka.

Hän alkoi pumpata kukkoaan sisään ja ulos Susanin pillusta, ajaen yhä pidemmälle jokaisella vedolla.

Hän jatkoi hänen pillunsa hakkaamista saaden Susanin voihkimaan kovempaa ja kovempaa.

Tartuttuaan hänen reideseensä, hän löi kovemmin kuin koskaan, muristaen tunkeutuessaan Susanin kehoon valtavalla kukkollaan.

Susan huusi:

"Se tuntuu niin hyvältä vauva, vittu minua kovemmin."

Hän löi kukkonsa kovemmin Susanin pillua, tunne cum kerääntyvän hänen kukkonsa juureen.

Hänen pallonsa löi Susanin persettä hänen liikkeellään.

Susan päästi pitkän voihkaisun ja alkoi saada villin orgasmin, hänen pillunsa puristaen hänen kukkoaan, joten hänkin alkoi saada orgasmia.

Cum sylki hänen kukkonsa, ensimmäinen spurtti, joka tuli Susanin pillua.

Mutta hän vetäytyi ja antoi muiden ripotella kehoaan.

Juuri kun hänen orgasminsa alkoi laantua, hän työnsi sormensa hänen pilluansa pumppaen niitä nopeasti, lähettäen Susanin taas orgasmiin.

Valitessaan ja liikkuen ympäri pöytää, Susan veti hänet päälleen ja suuteli häntä syvästi.

Heidän hikensä ja siemennesteensä sekoitettiin molemmissa ruumiissa.

Kun he molemmat olivat rentoutuneet, hän sanoi:

"On mukavaa, että minut on otettu vastaan näin."

LOPPU

www.ingramcontent.com/pod-product-compliance
Lightning Source LLC
Chambersburg PA
CBHW051308160726
47994CB00003B/1368